에구치 렌 지음
author·Ren Eguchi
마사 일러스트
illustration·Masa
정대식 옮김

KB197186

터무니없는
스킬로
이세계 방랑 밥

15 관자 냉파스타
× 현자의 돌

[터무니없는 스킬로 이세계 방랑 밥] 15권 출간 기념
초판 한정 소책자

텐동

"오늘 저녁은 뭘로 할까아."

슬슬 저녁 준비를 해야겠다는 생각으로 부엌에 오기는 했지만 아직 뭘 만들지는 안 정했다.

길드 마스터의 호출을 받고 모험가 길드에 다녀온 탓에 늘 저녁 준비를 시작하는 시간보다 늦어지고 말았다.

"별로 시간도 없으니 간단한 걸로 만든다 치고……. 아니, 귀찮으니 만들어 뒀던 걸로 때울까."

뭐가 있더라, 하고 아이템 박스를 확인했다.

"아, 그러고 보니 이게 있었지."

요전에 튀김을 만들고 남은 것들.

나중에 텐동*을 만들어도 괜찮겠다 싶어서 전부 넉넉하게 만들어뒀었지.

"저녁 메뉴는 텐동으로 해야겠네."

닭튀김이 있으니 페르와 녀석들에게는 닭고기 텐동을 주고, 나는 채소 튀김에 채소 텐동을 먹으면 되겠어.

질냄비에 갓 지은 밥도 아이템 박스에 보존해두어서 텐동의 소스만 만들면 그만이기도 하니까.

냄비에 간장, 맛술, 설탕, 과립형 일본풍 맛국물, 물을 넣고

---

*밥 위에 텐푸라(일본식 튀김)를 올린 덮밥(동)의 일종.

약불로 끓인다.

약불에서 보글보글 끓어올라 약간 걸쭉해지면 OK.

나는 약간 달달한 게 취향이라 설탕을 넉넉하게 넣었다.

냠름 핥아서 맛을 확인해 보았다.

"응, 완벽해."

이 달달한 소스는 튀김에도 밥에도 끝내주게 잘 어울릴 거다.

페르 일행의 특대 그릇에 밥을 퍼담고 닭튀김을 늘어놓는다.

그리고 그 위에 달달한 텐동 소스를 뿌린다.

아끼지 않고 넉넉하게 뿌리는 게 좋다.

"채소 튀김이라도 얹어서 화려하게 꾸미고 싶지만…… 오늘은 그냥 넘어갈까."

다들 채소를 싫어하니까.

채소가 들어있기만 해도 아주 오만상을 다 쓰잖아.

특히 페르가.

"반대로 나는 채소 튀김만 있어도 돼. 가지에 고구마에 양파~ 당근에 완두콩에 누에콩……. 우어, 채소 튀김이 산더미처럼 쌓였네."

뭐, 뭐어 아무렴 어때.

채소 튀김은 맛있으니까.

여기에 달달한 텐동 소스를 끼얹으면…….

"완성. 응, 아주 잘 됐어."

자아, 다들 배고파하고 있을 테니 가져다주도록 할까.

　　　　◇　　◇　　◇　　◇

『한 그릇 더다!』

『나도 한 그릇 더 부탁하네.』

『나도~.』

『스이도~.』

"그래~."

추가 닭튀김 텐동을 모두에게 내주었다.

"텐동은 마음에 들어?"

『음. 이 달콤한 소스가 아주 좋군. 고기와 밥과 함께라면 얼마든지 먹을 수 있을 것 같다.』

『음음. 술술 들어가는구먼.』

『맞아맞아. 달콤한 소스 덕분에 두 배로 맛있어.』

『맛있어~! 스이, 이거 좋아~!』

"다행이다~. 채소 튀김도 이 소스랑 같이 먹으면 맛있어. 먹어볼래?"

분위기가 좋기에 그렇게 묻자, 그 즉시 페르가 정색을 했다.

그러고는…….

『필요 없다. 채소는 단호히 거부하겠다.』

『나도 필요 없네. 고기만 먹어도 맛있으니 말이야.』

『맞아. 굳이 먹고 싶지는 않아~.』

『스이도 고기만 있는 게 좋아~.』

큭…….

채소는 정말 인기가 없네.

앨번표 채소는 무진장 맛있는데.

생으로 먹어도 맛있는 이 채소를 튀김으로 만들면 최고로 맛있다고.

페르 일행의 태도에 씁쓸한 기분을 느끼며 달달한 소스가 묻은 당근 튀김을 덥썩.

"맛있어."

당근조차 이렇게나 달콤하다고.

독특한 당근의 냄새도 안 나서, 이 당근은 얼마든지 생으로 먹을 수 있다.

실제로 나도 채소 스틱으로 만들어서 자주 먹고 있다.

그 당근을 익히면 단맛이 강해져서 더더욱 맛있다고.

채 썰어서 카키아게#※ 카키아게 : 텐푸라의 일종으로 작고 길게 자른 어페류나 채소 등에 밀가루 튀김옷을 묻혀 튀겨낸 것.#를 하면 아삭아삭한 식감이 남아 있어서 얼마나 맛있는데.

정말 맛있다고 표현할 수밖에 없을 정도라고.

이거라면 당근을 싫어하는 사람도 좋아라고 먹지 않을까 싶은데.

그리고 이 고구마도 포슬포슬하고 달달한 게 최고야.

어이쿠, 튀김만 먹으면 텐동으로 만든 의미가 없지.

달달한 텐동 소스가 배어든 밥을 양파 튀김과 함께 입안 가득 욱여넣었다.

"아~ 진짜 맛있네에."

채소 텐동, 최고로 맛있어.

고기가 없어도 충분히 만족스러워.

완두콩의 오독오독한 식감을 즐기며 다시 소스가 배어든 밥을 입에 넣는다.

"하아, 행복해."

맛있는 걸 먹을 수 있다는 건 정말 행복한 일이란 말이지.

채소 텐동, 최고야.

『한 그릇 더! 물론 고기 튀김만 넣어서.』

『같은 걸로 주시게.』

『나도 같은 걸로~.』

『스이도~.』

"……그래그래."

이 고기지상주의자들 같으니.

인내의 한계

『주공~ 부탁이 있는데 말이네.』

곤 옹이 무섭게 생긴 얼굴을 나에게 불쑥 들이밀었다.

뺨을 씰룩거리며 "부, 부탁이라니, 무슨 부탁?"이라고 묻자……

『술 말이네, 술!』

"뭐어?"

『뭘 그렇게 어리둥절해 하나! 주공은 물론이고 페르, 드라, 스이까지 술은 적당히 하라고 해서 참고 있었다는 말일세! 벌써 사흘이나 술을 안 마셨네!』

"아~ 그런 뜻이었어?"

마셨다 하면 과음을 해서 최종적으로 에인션트 드래곤(고룡)답지 않은 꼬락서니로 곯아떨어지는 바람에 모두가 입을 모아 『적당히 좀 해라!』라고 호통을 쳤더랬지.

배를 까뒤집고 드르렁드르렁 코를 골며 자는 모습에서는 드래곤의 위엄이고 나발이고 하나도 안 느껴졌다.

『그렇게 된 것이네. 사흘이나 얌전히 지냈으니, 이제 괜찮지 않나.』

곤 옹은 연신 고개를 주억거리며 그렇게 말하더니 『내가 생각해도 잘도 참아냈어』라고 말을 이었다.

잠깐 기다려 봐.

잘 참아냈다니, 꼴랑 사흘 안 마신 거잖아.

"아니, 달랑 사흘밖에 안 됐잖아."

그렇게 딴죽을 걸자, 곤 옹이 눈을 번쩍 부릅뜬 채 나를 노려보았다.

『달랑이라고?! 내가, 다른 이도 아닌 내가, 이만큼이나 참았건만 '달랑'이란 말이 나오는 겐가, 주공!』

"아니, 맞는 말이잖아."

『애초에 말이네, 나는 에인션트 드래곤이네! 최강종이라는 말이네! 지금까지 뭔가를 참아본 적이 없단 말일세! 그런 내가 이렇게까지 참았으면 '잘했다'고 칭찬이라도 해야 할 것 아닌가!』

아니아니, '칭찬이라도 해야 할 것 아닌가!'라고 한들 말이지.

곤 옹은 제일 연장자가 돼서 귀찮게 굴 때가 있단 말이지, 라는 생각을 하던 중······.

『웬 소란인가 했더니만······. 술이 마시고 싶다고 소란을 피우고 있던 것뿐이라니, 우습군.』

『곤 옹~ 적당히 좀 하라고~.』

『곤 할아버지, 떼쟁이~.』

낮잠을 자다 깨어난 페르와 드라 짱, 스이가 곤 옹을 경멸하는 듯한 시선으로 쳐다보았다.

그 시선에 곤 옹은 분한 듯이 『크윽~』하고 신음소리를 흘렸다.

『너, 너희하고는 상관없지 않으냐!』

반박할 말이 없는지 곤 옹이 버럭 소리쳤다.

그리고 그런 곤 옹을 보고 페르가 『흥』하고 코웃음을 쳤다.

『음. 상관은 없지. 실로 시답잖은 소리라 들어줄 가치도 없었어.』

『맞아~. 괜히 온 것 같아. 다시 가서 잠이나 자자.』

『쿨쿨~.』

아이고.

다들 반응이 냉랭하네.

심정은 이해하지만 말이야.

『크윽~.』

그런 싸늘한 반응에 곤 옹은 이를 악물고 무서운 표정을 지어 보였다.

"워어워~."

곤 옹을 토닥토닥 두드려 진정시켰다.

『뭐가 '워어워'라는 겐가! 저 녀석들은 나를 무엇이라고 생각하는 게야! 나는 에인션트 드래곤이란 말이다! 이 세상의 정점이라 할 수 있는 존재라고!』

뭐어, 최강종이긴 하지, 일단은.

이렇게 떼를 쓰는 걸 보면 전혀 그런 존재 같지가 않지만.

쓴웃음을 지은 채 펄펄 뛰며 화를 내는 곤 옹을 쳐다보았다.

『계속 생각해온 거네만, 저 녀석들은 좀 더 나를 존경해야만 하네. 그리고 좀 더 경외하는 마음을 가지고…….』

곤 옹은 투덜투덜 불만을 쏟아냈지만, 그건 무리일걸.

애초에 곤 옹이 에인션트 드래곤인 것과 마찬가지로 페르도 펜리르잖아.

둘 다 이 세계에서는 최강급이고.

자존심 센 페르가 곤 옹을 존경할 리가 없어.

게다가 드라 짱이랑 스이도 말이야, 평소 곤 옹의 모습을 보아 왔으니 아무래도 좀…….

나부터도 그럴 수가 없는걸.

『주공, 그 눈빛은 무엇인가?』

"아니, 아무것도 아냐~."

『주공?』

처음에는 무섭게 생긴 드래곤이라는 생각에 엄청 겁을 먹었지 만 말이야.

같이 지내다 보니 그냥 식탐이 심한 데다 술을 엄청 밝히는 드 래곤이라는 걸 점차 알게 되었거든.

『아~ 정말! 주공, 술이네, 술! 이런데 안 마시고 배길 수가 있나!』

"잠깐, 은근슬쩍 술을 요구하지 말라고."

『하지만 저 녀석들이~! 게다가 괜찮지 않은가! 사흘이나 참았 으니까!』

"또 그 소리야~?"

『하지만 난 열심히 참았다는 말일세! 그 상 정도는 주어도 되 지 않겠는가~.』

"자기 입으로 상 달라고 조르지 마."

『이제 인내심이 한계에 달했단 말일세!』

인내심이 한계에 달했다니, 얼마나 참을성이 없는 거야.

『주공~.』

"아아정말, 알았어, 알았다고!"

나 참, 그 큰 몸으로 매달리지 말라고.

『정말인가?! 술! 술을 마실 수 있겠구나~!!』

곤 옹이 쿵쿵 발을 굴러가며 환희했다.

"잠깐, 바닥 꺼져! 진정해!"

있는 힘껏 소리치자 곤 옹의 움직임이 우뚝 멈췄다.

『미안하네. 기쁜 나머지 그만.』

"나 원. 바닥이 꺼졌으면 술도 물 건너가는 거였어."

『미, 미안하네.』

"분명히 말해두겠는데, 코가 삐뚤어지도록 마시면 안 돼."

『코가 삐뚤어지도록 마시다니, 그럴 리가 있나.』

"아, 그래? 아무튼 평소처럼 잔뜩 마시면 안 돼."

『알았네, 알았어. 므흐흐, 어쨌든 술을 마실 수 있다는 게 중요한 것 아니겠나.』

일단 못을 박아두기는 했지만 이 드래곤, 정말 알아듣기는 한 건지 몰라.

므흐흐, 하고 히죽히죽 웃는 곤 옹을 어이가 없다는 눈으로 쳐다보았다.

『술이다, 술. 사흘 만에 마시는 술~. 기대되는구먼~.』

아주 노래라도 부를 듯이 잔뜩 기분이 좋아진 곤 옹을 보고 있자니 불안감이 엄습해왔다.

시원~하고 상쾌한 느낌

"목욕하자~."

『네~에.』

소리쳐서 부르자 스이가 통통 몸을 튀며 따라왔다.

하지만 목욕을 좋아할 터인 드라 짱과 곤 옹이 꿈쩍도 안 했다.

뭐, 곤 옹은 어제 목욕을 했으니 오늘은 됐다고 생각하는 걸지도 모르지만.

저 커다란 몸을 씻기려면 이쪽도 힘들기도 하고.

"응? 곤 옹은 요전에 했으니까 오늘은 안 하려고?"

『음. 오늘은 관두겠네. 요즈음 더우니 말이야.』

아~ 카레리나는 평소에 지내기 편한 곳이지만, 올해는 몇 년 만에 더운 날이 계속되고 있다는 모양이니까.

특히 최근 며칠 동안은 밤에도 기온이 안 떨어져서 찌는 듯이 더웠고.

『나도~. 목욕을 하면 개운하긴 하지만, 요즘은 좀 덥잖아? 목욕하고 나오면 더워서 미칠 것 같다니까.』

"그게 좋은 거잖아. 목욕을 마치고 나서 마시는 차갑게 식은 과일 우유가 제일 맛있지 않아?"

나는 커피 우유파지만.

『목욕 후 과일 우유 너무 맛있어~!』

"그치?"

목욕 후에 마시면 그야말로 최고다.

『그건 그렇지만 말이야~.』

뭐, 분명 최근 며칠 동안은 땀을 씻어낸 후에도 땀을 왕창 흘리고 있으니까.

그렇다면…….

인터넷 슈퍼를 띄워서 외부 브랜드인 드럭 스토어를 들여다보았다.

"으음……. 종류가 꽤 되네."

더운 날에 쓰기 좋은 쿨한 타입의 입욕제.

분말 입욕제에 큼직한 알갱이로 된 탄산 입욕제, 알약 형태의 탄산 입욕제.

으~음, 뭘로 할까.

써본 적이 없는 걸 써보고 싶은 마음도 있지만, 지금은 무난하게 내가 여름에 자주 사용했던 알약 형태의 탄산 입욕제의 쿨 타입으로 하자.

이거라면 효과가 확실하다는 걸 아니까.

향은 상쾌한 민트향으로.

그런고로 결제.

평소와 같이 나타난 종이상자를 열고 쿨 타입 입욕제를 꺼냈다.

"이 입욕제를 쓰면 목욕을 마친 후에도 상쾌할 거야~."

『뜨거운 물에 들어가는데도 말인가?』

『거짓말 하시네~.』

곤 옹과 드라 짱은 '그럴 리가 없다'는 의심 어린 눈으로 나를 쳐다보았다.

"후후후, 거짓말 아니야. 이 입욕제는 말이지, 더운 시기에도 상쾌하게 목욕을 할 수 있도록 개발된 거라고. 뭐, 속는 셈 치고 이걸 넣은 욕조에 들어가 봐."

『속는 셈 치라니, 그러다 정말 속으면 우리만 손해 아닌가.』

『그래, 맞아. 우린 안 속아.』

"아 글쎄~, 딱히 속이려는 게 아니라니까."

하여간 둘 다 고집은 세서.

쿨 타입 입욕제는 목욕 후에도 멘톨의 효과로 시원 상쾌한데.

나도 무더운 여름에는 늘 신세를 지고 있어서 효과는 보장할 수 있다니까.

"내 말이 거짓말이면 너희가 먹고 싶은 걸 뭐든 먹게 해줄게."

내가 자신만만하게 말하자 곤 옹과 드라 짱이 반짝 빛났다.

『주공, 나중에 두 말하지 마시게?』

『약속한 거다~.』

"당연하지."

그런 이야기를 하고 있자, 페르가 어이가 없다는 듯이 『흥』하고 코웃음을 쳤다.

"뭐야. 페르 너도 목욕할래?"

『할 리가 없잖으냐.』

그렇게 딱 잘라 거절해야겠어?

『곤 옹도 드라도 멍청하군. 소심한 이 녀석이 이만큼 자신만만해 하는 걸 보면 거짓말일 리가 없거늘.』

"야, 페르. 소심하다는 소린 빼지?"

『나 원, 못 어울려주겠군. 나는 먼저 잔다.』

"그래그래, 잘 자~."

페르가 타박타박 냉큼 2층에 있는 침실로 떠났다.

"그래서, 곤 옹이랑 드라 짱은 어쩔래?"

『페, 페르는 저렇게 말했지만, 먹고 싶은 걸 먹을 수 있을지도 모르니 말이지.』

『맞아, 먹고 싶은 걸 마음껏 먹을 수 있을지도 모르는데 도망치는 건 좀 아깝잖아.』

잠깐, 먹고 싶은 걸 먹게 해준다고 했지, 마음껏 먹게 해준다고는 안 했다고.

뭐, 절대 그럴 일 없을 테니 잠자코 있기로 했지만.

"좋아, 그럼 목욕하러 가자~."

『드디어 목욕~?』

"오, 스이, 기다렸지? 목욕하러 가자. 그리고 목욕 끝나면 차갑게 식은 과일 우유를 마시자."

『아싸~! 기대돼~.』

"그으하아~."

무의식중에 아저씨 같은 목소리가 나왔다.

『기분 좋아~.』

스이는 평소처럼 둥둥 떠 있었다.

『시원~하고 상쾌한 게 냄새는 괜찮은데? 역시 뜨겁기는 하지만.』

"그게 좋은 거라고. 더울 때야말로 목욕을 해서 땀을 씻어내는 게 건강에도 좋아~."

『기분 좋구먼…….』

혼자 특대 전용 욕조에 들어간 곤 옹은 기분 좋다는 듯이 눈을 감고 있었다.

역시 목욕 자체는 좋아하는 거다.

『기분은 좋네만, 문제는 목욕 후란 말이지. 몸이 달아올라서 더욱 덥게 느껴지는 게 문제야.』

『그래, 맞아. 내가 하고 싶은 말이 그거야~. 저 녀석이 자신만만하게 다를 거라고 해서 들어오긴 했지만…….』

드라 짱은 둥둥 뜬 채 뚱한 눈으로 나를 쳐다보며 그런 소리를 했다.

아직도 의심하네.

뭐, 상관은 없지만.

목욕 후에 이 입욕제의 위력을 실감하게 될 테니까.

그런 생각을 하며 평소처럼 샤워를 하고서 뜨거운 물에 몸을 푹 담갔다.

그리고…….

『주인~ 뭔가 시원해~.』

『오, 오오.』

『흐음, 이건!』

멘톨 효과로 목욕 후에도 시원~하고 상쾌한 느낌.

덕분에 땀도 그렇게까지 신경이 안 쓰일 정도다.

놀란 얼굴로 나를 쳐다보는 곤 옹과 드라 짱을 향해 의기양양한 표정을 지어 보였다.

"내 말이 맞았지? 이 입욕제를 넣으면 더운 날 목욕한 뒤에도 시원~하고 상쾌한 느낌이 든다고."

『이 정도면 내일도 목욕할 수 있을 것 같구먼.』

『그러게!』

『그나저나 신기하기도 하군그래. 뜨거운 물로 씻은 후에도 시원하게 느껴지다니.』

『맞아, 그러게 말이야~.』

"후후, 내가 있던 세계에는 별의 별 게 다 있다, 이거야."

쓸모없는 것부터 편리한 것까지 뭐든 다 있다고.

『주인~ 늘 마시는 거~!』

"아, 미안미안."

곤 옹, 드라 짱, 스이에게는 차갑게 식은 과일 우유를.

그리고 나는 커피 우유를 집었다.

어느덧 목욕 후 즐기는 정규 행사처럼 되었네.

우리는 목욕 후에만 맛볼 수 있는 즐거움을 꼴깍꼴깍 들이켰다.

〞"맛있어어~!"〟

바나나!

그날, 우리 일행은 목적이었던 건조 허브 믹스를 손에 넣은 후, 카레리나의 메인 거리를 어슬렁어슬렁 걷고 있었다.

원래 나 혼자 장을 보러 와도 상관없었지만, 페르 일행이 따라왔다.

뭐어, 보나마나 노점에서 군것질을 하고 싶어서 따라온 거겠지만.

그리고 예상대로 내가 장을 다 보자마자 페르와 녀석들의 주목적이었던 노점으로 오게 된 것이다.

페르와 녀석들은 조금 더 가면 있는 꼬치구이 노점을 점찍어 두었는지 『30개는 먹을 거다』『나도』 따위의 소리를 멋대로 해대고 있었다.

그런 페르 일행을 어이가 없다는 표정으로 쳐다보며 걷던 중, 어디서 맡아본 듯한 달콤한 냄새가 코를 스쳤다.

"이 냄새는, 어디선가……."

두리번두리번 주변을 둘러보며 냄새의 근원지를 찾았다.

그리고…….

"저거구나!"

냄새의 근원지는 조금 앞에 있던 채소와 과일을 파는 가게 앞에 놓여 있던 것이었다.

검게 변색되기는 했지만 특징적인 곡선을 그리고 있는 가늘고

긴 과일이 주렁주렁 달려 있는 그 모습은 잘못 보려야 그럴 수가 없었다.

누가 끌어당기기라도 한 듯 그 냄새의 근원지 앞까지 와서 뚫어져라 쳐다보았다.

"역시 어떻게 봐도 바나나 맞네. 냄새도 그렇고."

눈앞에 있는 것은 익숙한 바나나보다 한층 더 크지만.

순간, 무의식중에 가게 앞에 있던 점원분에게 말을 걸고 말았다.

"저기, 이건……."

"안목이 좋으시군요! 이건 남방에서 들여온 귀한 과일이거든요~. 냄새가 좋지요? 맛도 단맛이 강해서 맛있답니다~. 어떠십니까?"

손까지 비비며 이상하리만치 적극적으로 권하네.

다시 바나나를 흘끔 쳐다보았다.

뭐, 완전히 익어버렸으니까.

검게 변색된 바나나는 조금만 더 지나면 못 먹게 될 듯했다.

그야말로 썩기 직전이네.

"이게 또 이 근처에서는 볼 수 없는 아주 희귀하고 귀중한 물건이거든요~. 그러니 이 기회에 구입하지 않으시면 앞으로는 기회가 없을지도…… 모른달까요?"

점원분은 계속해서 손을 비비며 이게 마지막 기회라고 강조했다.

어떻게든 이 바나나를 팔고 싶은 거구나.

뭐, 사도 상관은 없지만 이 지나치게 익은 바나나를 그 가격 그대로 사는 건 좀~.

그런고로…….

"하지만 뭔가 색이 안 좋은데요~. 게다가 냄새가 이렇게 강하다는 건, 지나치게 익었다는 뜻 같고요."

"으윽, 그야 뭐, 입고하고서 시간이 좀 지나기는 해서요……. 하지만 지금이 딱 먹기 좋을 때라, 바로 드실 수 있다는 이점도 있습니다."

"바로 먹으라니, 이걸 다요?"

바나나 한 다발을 한꺼번에 먹는 건 보통 무리잖아.

하나씩 파는 거면 모를까.

"가족분들과 함께……."

"저는 독신이라."

"친구분들과 함께……."

"그러면 나눠주면 끝날 것 같고요."

점원분을 빤히 쳐다보았다.

점원분이 입을 꾹 다물었다.

나와 점원분의 공방이 계속되는 가운데, 누군가가 나에게 말을 걸었다.

『어이, 뭐 하는 거냐? 노점에 가자니까.』

『주공, 목적한 노점은 좀 더 가야 하네.』

『그래, 맞아. 이쪽은 노점 가려고 따라온 거니 괜히 멈추지 말라고.』

『주인~ 빨리빨리~.』

"그래그래, 알았다니까."

이세계 바나나, 조금은 궁금하지만 바나나는 인터넷 슈퍼에서도 살 수는 있으니 이번엔 그냥 넘어갈까.

"이번에는 그냥……."

"알겠습니다!"

가게를 나서려던 참에 점원분이 체념한 듯이 소리쳤다.

"이걸 전부 사 가신다면 금화 두 닢에 드리죠!"

내가 아는 바나나보다 하나하나가 상당히 커다란 바나나.

그게 여섯 개 달린 다발이 세 개.

원가를 보니…………

점원분이 많이 양보한 것 같네.

조금만 더 깎아달라고 하고 싶은데, 라는 생각을 하고 있자 페르와 녀석들이 『아직 멀었냐?』라고 재촉을 해댔다.

나 참, 좀 기다려주면 어디 덧나냐.

"알겠습니다. 그 가격으로 사죠."

그렇게 말하자 점원분의 얼굴이 활짝 밝아졌다.

"감사합니다!"

금화 두 닢을 건네자 점원분도 미소가 얼굴에 걸렸다.

"이야~ 덕분에 살았습니다. 맛은 더할 나위 없는데, 이 근처에서는 지명도가 영 별로라서 말이죠~. 다들 본 적이 없어서 맛을 모르겠다고 하면서 좀처럼 사려 하질 않더라고요……."

뭐어, 나도 이쪽에서는 처음 봤으니까.

"입고하고서 상당히 시간이 지나서, 점점 변색이 되기 시작했을 때는 얼마나 속이 타던지. 손해는 이만저만 아니지만 썩게 두는 것보다는 나으니 말이죠~."

점원분, 한 시름 놓은 건 좋은데 너무 솔직해지셨네.

그런 점원분의 솔직한 이야기를 들으며 나는 구입한 이세계 바나나를 아이템 박스에 넣었다.

이세계 바나나(많이 익은), 넌 내 거야!

…………

사긴 했는데, 이걸 어쩐담?

무코다 씨의 요리 교실 ～누구나 좋아하는 달걀 요리 편 제6탄～

마이야와 테레자가 부디 정기 이벤트가 되어가고 있는 계란 요리 교실을 개최해달라는 부탁을 해왔다.

다들 계란을 엄청 좋아하니까～.

물론 마이야와 테레자도 무척 좋아해서, 두 사람 모두 열심히 계란 요리를 배우려 하고 있다.

그렇다고 한들 내가 만들 수 있는 건 간단한 것들뿐이지만.

그래도 말이야, 다들 좋아해주는 것 같아서 가르치는 보람도 있고 기쁘기도 하단 말이지.

그래서 이번에도 "그럼 해볼까～" 하고 당연하다는 듯이 받아들여버렸지.

요즈음 가르친 건 수란에 두껍게 구운 계란말이 같은 '계란의 맛을 직접적으로 느낄 수 있는 요리'들이었다.

뭐어, 그게 모두가 요청한 바이기도 했지만 그래서인지 이번에 두 사람이 요청한 것은 '밥반찬도 되고 술안주도 되는 계란 요리'였다.

단순히 계란이라는 소재 본연의 맛을 추구하고 싶은 마음과 주부의 '반찬도 되고 술안주도 되면 최고잖아'라는 생각에서 비롯된 요구인 듯했다.

뭐어, 반찬과 술안주는 따로 만들면 여러모로 번거로우니까.

그런고로 '밥반찬도 되고 술안주도 되는 계란 요리'를 가르쳐 주기로 했다.

내 머리에 가장 먼저 확 떠오른 것은 한때 푹 빠져서 자주 만들어 먹었던 계란 요리였다.

"역시 이번엔 그게 좋겠지~?"

끈쩍~한 반숙 계란과 매콤달콤한 맛이 끝내주는 그거.

매콤달콤한 맛이라 밥반찬에도 딱이다.

물론 술안주로도 딱이라 과음하지 않도록 주의를 해야 할 정도다.

매콤달콤한 맛과 반숙 계란의 끈쩍~하면서도 부드러운 맛이 동시에 느껴져서 아이들부터 어른들까지 폭넓은 사람들에게 지지를 받을 만한 맛이 아닐까 싶다.

우리 종업원(노예)들도 연령대가 넓으니까~.

분명 다들 좋아할 거야.

생각을 하면 할수록 이게 가장 좋을 것 같아.

"좋아, 고기말이 반숙 계란을 가르치기로 하자!"

"좋~아, 시작한다."

오늘은 아이야, 테레자와 약속한 계란 요리 교실을 개최하기로 한 날이다.

두 사람이 주문한 것은 '밥반찬도 되고 술안주도 되는 계란 요리'다.

따라서 그 요청에 맞는 메뉴를 가르쳐주기로 했다.

"오늘 만들 요리는 '고기말이 반숙 계란'이야. 마이야와 테레자가 말한 '밥반찬도 되고 술안주도 되는 계란 요리'인 데다 맛까지 있다고~."

"그거 기대되네요!"

"잘 배워서 돌아가야겠어요!"

아이야와 테레자가 그렇게 말하자 세리야가 응응, 하고 고개를 끄덕였다.

이번 요리 교실에도 세리야가 참가했다.

"후후. 잘 배워서 돌아가 줘~. 아니 뭐, 내가 만드는 요리라 간단하기는 하지만."

"아하하. 그래서 좋은 거예요, 무코다 씨."

"맞아맞아! 간단하면서도 맛있어서 무코다 씨가 가르쳐주는 요리는 주부의 친구라고요."

"나도 만들 수 있어!"

"그렇게 말해주니 기분 좋네. 그러면 우선은 말이야~⋯⋯."

반숙 계란을 만든다.

그런고로 아이야와 테레자, 세리야에게 물을 끓이라고 지시했다.

그리고 사전에 인터넷 슈퍼에서 구입해둔 계란 팩을 드드득, 뜯었다.

"물이 끓으면 계란에 금이 가지 않도록 살며~시 넣어. 이런 식으로 지급된 국자를 사용하도록 해."

국자를 사용해 계란을 하나씩 끓는 물에 집어넣는다.

"삶는 시간은 대략 6분 반 정도면 돼."

그렇게 말하며 키친 타이머를 세팅했다.

"다들 삶을 때는 지급한 키친 타이머를 사용해. 일단 이걸 기준으로 하되, 앞으로는 취향에 따라 시간을 조절하고."

"아하. 노른자가 자르르~하고 흘러나오는 게 좋으면 좀 더 삶는 시간을 짧게 하고, 퍽퍽한 게 좋으면 삶는 시간을 길게 하라는 거군요?"

아이야의 그 말에 나는 "바로 맞혔어"라고 답했다.

"그래서 말인데, 이대로 삶으면 노른자가 한쪽으로 쏠린 삶은 달걀이 되니까, 노른자가 쏠리지 않도록 처음 2분 정도는 살살 굴리면서 삶는 거야."

그리고 6분 반 동안 계란을 삶자······.

삐비빅, 키친 타이머가 울렸다.

"이제 불을 끄고 찬물에 넣어. 잘 식히는 게 중요하니 물은 계속 틀어두고~."

그리고 충분히 식으면 계란 껍질을 벗긴다.

이 껍질을 벗기는 작업이 의외로 어려운데, 아이야와 테레사와 세리아는 손이 야무져서 그런지 주룩, 하고 예쁘게 벗겨 나갔다.

유일하게 내가 벗긴 것 하나만 울퉁불퉁하다.

뭐어, 이 정도는 애교로 넘어가자고.

"껍질을 벗겼으면 계란에 얇~게 밀가루를 묻혀두고⋯⋯."

가볍게 소금 후추로 간을 해둔, 얇게 썬 오크 고기로 그 계란을 만다.

다 말면 전체에 밀가루를 묻혀둔다.

물론 이번에도 아주 얇~게.

그런 다음⋯⋯.

"프라이팬에 기름을 두르고 달군 후, 오크 고기로 만 계란을 구워서."

계란을 굴려가며 구워서 오크 고기의 겉면이 익으면 간장, 술, 설탕, 맛술을 섞은 혼합 조미료를 넣어 전체적으로 섞어가며 졸여주고⋯⋯.

"이런 식으로 윤기가 돌기 시작하면 완성이야!"

"냄새 좋네요."

"이거라면 반찬으로나 술안주로나 딱일 거야."

사실은 쌀밥에 어울릴 요리지만, 이 매콤달콤한 데리야키 계열의 맛이라면 빵에 곁들여도 잘 어울리기는 할 거다.

아마도⋯⋯.

"그럼 시식을 해볼까."

조금 전부터 세리야도 고기말이 반숙 계란에서 눈을 떼지 못하고 있으니까.

그런고로 다 같이 덥썩.

"맛있어. 맛이 잘 배어 있어서 아주 좋아."

"그래도 반숙 계란을 같이 먹어서 그런지. 진하게 맛을 낸 것 같은 느낌이 안 들어서 더더욱 마음에 들어."

"맛있어~."

다들 금방 하나를 먹어치워 버렸다.

그리고 곧장 두 번째 것으로 손을 뻗었다.

어라? 계란 한 팩 만큼을 만들었는데, 이러다가 금방 다 없어지는 거 아냐?

내 예상은 들어맞아서, 눈 깜짝할 새에 말끔하게 사라지고 말았다.

난 하나밖에 안 먹었는데.

뭐, 마음에 든 것 같아 다행이기는 하지만.

그러더니…….

"바로 오늘 저녁 때 만들어 봐야겠어."

"그래야겠네."

그런 대화를 나누며 이야기꽃을 피우고 있었다.

그건 괜찮은데 말이야…….

"아~ 새삼스럽기는 하지만 계란은 너무 많이 먹으면 좋지 않다고들 하거든. 하루에 하나, 최대 두 개까지만 먹어. 좌우간 적당히 먹도록 하라고."

내가 그렇게 말하자 아이야와 테레자, 세리야가 겸연쩍은 듯한 표정을 지었다.

"어흠. 이건 내일 만들어볼게요……."

"응. 그게 좋겠어."

다음날, 모두에게 내놓은 '고기말이 반숙 계란'은 대호평을 받았다는 모양이다.

하지만 난감하게도 너무 맛있는 나머지 과식하는 사람이 속출했다.

그리고 아이야와 테레자가 뻔뻔하게도 "다들 계란을 좋아하는데다, 이렇게 맛있으니 한두 개만 먹는 건 무리인 것 같아"라고 하는 걸 듣고 말았다.

"혹시 이 요리는, 안 알려주는 게 좋았을까?"

나는 그런 생각으로 골머리를 썩게 되었다.

모두가 좋아하는 것

『이전보다 맛은 좋아졌어! 아직 고기가 딱딱하지만.』

『음. 딱딱한 거야 우리에게 문제가 아니지만, 맛은 뭐어 이전보다는 나아졌군.』

『이전에는 짠맛이 살짝 약하다 싶었는데, 이번에는 적절하군 그래. 허나 맛은 아직 좀 부족한 느낌이 드네.』

『구운 고기 맛있었어~! 주인이 만든 밥이 훨~씬 더 맛있지만~.』

조금 전 옆에 있던 노점에서 산 꼬치구이를 엄청난 속도로 먹어치운 먹보 콰르텟이 그런 말을 주고받고 있다.

매번 그렇지만 너희 정말 무례하다.

드라 짱이랑 스이는 염화지만 페르랑 곤 옹의 목소리는 다 들린다고.

당사자인 노점이 바로 옆에 있는데.

나도 처음에는 주의를 줬고, 노점 아저씨에게도 사과했지만 몇 번을 말해도 『우리는 사실대로 말한 것뿐이다』라며 들어먹질 않아서 요즘에는 나도 포기하고 침묵하고 있다.

애초에 여긴 너희가 좋아하는 노점이잖아.

카레리나 상점가에서 장을 볼 때면 반드시 이 노점에 들를 정도로 단골손님이잖아.

그렇게 뻔질나게 들를 만큼 좋아하는 노점인데 뭐가 저렇게 불만인 거람.

어이가 없어서 먹보 콰르텟을 뚱한 눈으로 쳐다본 후, 옆에 있는 노점을 흘끔 쳐다보았다.

"어어…………?"

노점 아저씨가 소심하게 승리의 포즈를 취하고 있는 게 보였다.

이전보다는~ 이라는 말을 들은 게 기쁜 건가?

다들 그 뒤로도 한 마디씩 덧붙였는데, 그쪽은 아무렇지도 않고?

긍정적이기도 하네.

뭐, 뭐어 아무렴 어때.

하지만 분명 처음 이 노점에 왔을 때에 비하면 상당히 맛이 좋아졌다.

카레리나 제일의 노점이라는 소개를 받고 사러 온 건 좋았지만, 솔직히 말해서 처음에는 그다지 맛이 없었으니까아.

꼬치구이를 먹은 순간 진지하게 '어? 이게 카레리나 제일의 노점이라고?'라는 생각을 하고 말았을 정도라고.

맛은 약하고 고기는 딱딱하고 해서.

그 정도는 그나마 참을 만했지만, 삼킨 후에 뭐라 형용하기 어려운 잡내가 입안에 남는 게 너무도 아쉬웠다.

뭐, 그래도 다른 노점에 비하면 훨씬 나은 편이기는 하지만.

노점 옆 공간에서 먹었는데, 맛이 너무도 유감스러웠던 탓에 페르와 녀석들도 아주 혹평을 쏟아냈더랬다.

녀석들을 혼내고 제지하기는 했지만 페르와 곤 옹의 목소리는 크기도 한 데다 잘 울려서 노점 아저씨의 귀로 다 들어갔다.

노점 아저씨는 카레리나에서도 눈에 띄는 우리가 사러 왔다는 이야기를 듣고 자랑스러운 표정을 하고 있었는데, 페르와 녀석들 때문에 얼굴이 새빨개져서 눈을 부릅뜨고 있었지.

그럼에도 페르와 드래곤을 상대로 호통을 칠 수는 없는 노릇이라 참는 듯 보였다.

보고 있던 이쪽은 속이 타들어가서 페르와 녀석들을 재촉해서 곧장 집으로 돌아갔지만.

그런데도 페르와 녀석들은 장을 보러 나올 때마다 『이 도시에서는 이곳이 제일 나은 노점이다』라면서 이 노점에서 군것질을 하려 든다.

게다가 매번 먹은 후에 흠을 잡는 것처럼 들리는 감상을 내놓는다.

이쪽은 매번 얼마나 마음이 조마하던지.

뭐, 노점 아저씨도 지기 싫어하는 성격이기는 했는지, 다음에 찾아와 보면 또 개선이 되어 있단 말이지.

그렇게 생각하면 페르와 녀석들의 혹평도 조금은 도움이 된 셈인가?

맛있어지는 건 나쁜 게 아니니까.

장을 볼 때마다 군것질에 강제 참가하고 있는 나로서도 말이야.

그럼에도 매번 페르와 녀석들이 혹평을 해대고 트집을 잡아대서 얼마나 마음이 조마조마하고 불편한지.

그런고로 다 먹고 나면 냉큼 떠나는 게 상책이다.

"좋아, 다들 다 먹었지? 가자."

그렇게 말해서 모두를 재촉하자 페르 일행이 누군가에게 말을 걸었다.

『또 오지.』

『그때까지 실력을 더 키워두거라.』

『아저씨, 또 보자고~.』

『아저씨, 또 올게~.』

실제로는 페르와 곤 옹의 목소리밖에 안 들리겠지만.

그나저나……

"너희, 다음에도 오려고?"

『당연하지.』

『음. 이 도시 제일의 노점이니 말이네.』

『맞아.』

『여기 고기는, 다른 데보다 맛있으니까~.』

"아, 그래?"

그렇게나 트집을 잡아가며 먹었지만, 그래도 좋아하는 노점이라 이거지?

우리와 아저씨의 인연은 계속될 듯하다.

매콤하고 맛있는 스페어 립

"페르랑 녀석들이 주문한 거니까. 뭐, 나도 조금은 지나쳤다 싶기는 하고……. 내일은 고기 파티를 하기로 하고, 지금부터 준비를 해둘까."

그렇게 중얼거리며 저녁 식사 시간에 있었던 일을 떠올려보았다.

오늘 저녁은 채소와 고기가 잔뜩 든 된장 채소 볶음 덮밥이었는데, 그걸 본 페르가 결국 폭발하고 말았다.

『또 채소냐!』

"뭐, 뭐 어때서. 이전까지 너무 안 먹었으니 좀 먹어."

사실 요즘음 앨번에게 받은 채소가 계속 쌓이고만 있어서, 그걸 조금이라도 소비하기 위해 채소를 적극적으로 사용하고 있었다.

페르는 매번 짜증스러운 표정을 지었지만, 곧 옹과 드라 짱, 스이는 내놓으면 먹어줬다.

게다가 지금까지 고기만 먹느라 채소는 섭취할 기회가 적었던 탓에 괜찮지 않을까 싶었다.

애초에 채소는 매일 섭취하면 좋은 거잖아.

아닌 게 아니라 적극적으로 섭취할수록 좋은 거라고.

그래서 고기와 채소를 함께 내놓은 거고.

아니 왜, 우리 애들한테 풀떼기만 내놓을 순 없잖아.

일단 배려 차원에서 고기를 잔뜩 사용하기는 했다고.

하지만 그럼에도 연일 채소가 든 메뉴를 내놓자 넌더리가 났는지 페르가 결국 폭발한 것이다.

진짜 무서웠지.

페르가 위험한 눈빛을 한 채 『고기를 먹고 싶다! 고기만 내놔라!!』라면서 따져댔거든.

거기에 곤 옹과 드라 짱, 스이까지 동참했고.

불평하지 않고 채소를 먹어주기는 했지만, 그게 계속되자 화가 쌓였던 모양이다.

요컨대 녀석들이 원하는 건 『고기를 마음껏 먹고 싶다!』는 거였다.

일주일 동안 매 끼니마다 채소를 잔뜩 투입했었으니까.

나도 조금 지나쳤나, 싶어서 반성했다고.

그래서 녀석들의 주문에 응해 내일 저녁은 고기, 고기, 또 고기로 파티를 하려고 이렇게 지금부터 준비를 하고 있는 거다.

참고로 내일 아침과 점심은 아직 만들어둔 채소 메뉴가 남아서, 싫어하더라도 그걸로 때울 예정이다.

페르가 투덜투덜 불평을 할 것 같지만 그러면 '저녁에는 맛있는 고기를 마음껏 먹게 해줄게'라고 해서 어떻게든 진정시킬 생각이다.

진정이 될지 어떨지 살짝 불안하기는 하지만……

안 되면 적당히 추가로 고기를 구워서 먹여야지.

그래서, 내일 저녁은 뭘로 할 것인가가 문제인데. '고기가 먹고 싶다! 고기만 내놔라!!'라면서 따지던 페르의 얼굴을 떠올리자 스페어 립이 제일 먼저 떠올랐다.

고추장 베이스의 소스에 재워서 만드는 한국풍 스페어 립.

기름진 고기라도 매콤한 맛이 자꾸 땡겨서 계속해서 먹게 된단 말이지.

이 스페어 립은 밑간을 해서 잘 재워두는 게 핵심이라 지금부터 준비를 해두려는 거다.

그런고로 아이템 박스에서 꺼낸 고기는……

"영차, 던전 돼지의 뼈삼겹살."

그걸 뼈째 자른다.

나 자신이 레벨업해서 힘이 붙기도 했고, 스이 특제 미스릴 식칼을 사용해서 그런지 의외로 쉽게 잘렸다.

큰 것은 뼈째 반으로 썩뚝, 해서 적당한 크기로 썬다.

그렇게 잘라낸 스페어 립을 푹푹 포크로 찔러 구멍을 낸다.

그런 다음, 재워둘 소스를 만든다.

볼 그릇에 고추장, 벌꿀, 다진 마늘(튜브에 든 것도 OK), 간장, 술, 참기름을 넣고 자알~ 섞어둔다.

준비한 비닐봉투에 스페어 립을 넣은 후, 소스를 넣고 주물주물주물.

공기를 빼며 비닐봉투를 밀봉한 다음, 마도 냉장고에 넣는다.

"좋아, 이제 준비는 다 됐어."

마도 냉장고가 스페어 립으로 가득 찼지만, 뭐 아무렴 어때.

내일이 기대된다.

◇　◇　◇　◇

"응응, 양념이 잘 뱄네."

마도 냉장고에서 스페어 립이 든 봉투를 꺼낸다.

그걸 쿠킹 시트를 깐 오븐 트레이에 늘어놓는다.

소스가 잘 배어든 던전 돼지의 스페어 립을 일정 간격으로 계속 늘어놓았다.

"좋아. 이제 예열해둔 오븐에 넣자. 맛있게 구워져라~."

부엌에 비치된 오븐과 아이템 박스에 있던 마도 버너의 오븐도 동원해 굽는다.

너무 빨리 익어서 탈 것 같을 때는 알루미늄 호일을 덮어서 조절한다.

오븐에서 고기가 구워지는 구수한 냄새가 풍겨오고 있다.

"오~ 아주 좋은데?"

알 수 있다. 이건, 무조건 맛있다.

그리고…….

"이러면 맥주를 빼놓을 수 없지. 차갑게 식은 맥주랑 같이 먹어야지."

매콤한 스페어 립 & 맥주.

최고잖아.

최고의 조합을 생각하며 히죽거리고 있자…….

『어, 어이, 아직 안 된 거냐?』

『주공, 이 냄새는 견딜 수가 없네.』

『크~ 끝내주네!』

『고기~!』

고기 굽는 냄새에 낚인 먹보 콰르텟이 참지 못하고 부엌까지 밀어닥쳤다.

"자잠깐, 아직 다 안 구워졌으니까 들어오지 말라고."

『그런 소릴 한들, 지금까지 채소만 먹었던 탓에 이 냄새는 참을 수가 없다.』

"잠깐, 페르. 그건 아니지. 채소만 먹었다니, 채소뿐 아니라 고기도 잔뜩 들어 있었잖아."

『채소가 들어 있는 것과 고기만 있는 건 하늘과 땅 차이란 말이다!』

'하늘과 땅 차이란 말이다!'는 무슨.

그보다 너희들…….

"부엌에서 침 흘리지 말라고!"

『주공, 그런 소릴 한들 이 냄새를 맡으면 자연스럽게 군침이 나오고 마네.』

『그래, 맞아. 아무튼, 아직 안 멀었어?』

『주인~ 고기 아직이야~?』

"곧 다 구워져! 구워지면 가져갈 테니까 저쪽에서 기다리고 있어!"

『아, 이 녀석! 밀지 마라!』

『주공, 발로 밀다니, 너무하네!』

『잠깐, 꼬리 잡지 말라고!』

『주인~ 고기~.』

이 이상 부엌을 더럽히게 둘 수는 없다.

먹보 콰르텟을 부엌에서 몰아냈다.

"후우~. 나 참. 재촉한다고 빨리 구워지는 게 아니라고."

오븐을 들여다보며 구워진 정도를 확인한다.

조금만 더 있으면 되려나.

"..........좋았어!"

오븐 트레이를 꺼내 그릇에 스페어 립을 담기 시작했다.

물론 먹보 콰르텟이 먹을 건 산더미처럼 쌓았다.

목이 빠져라 기다리고 있을 테니 얼른 가져다줘야지.

"오래 기다렸어~."

『늦어!』

『좀처럼 오질 않아서 다시 가볼까 생각하던 참이네!』

『드디어 왔구나!』

『드디어 고기~!』

"그래그래, 미안해. 맛있는 고기를 위해서는 어쩔 수 없다고.
자, 마음껏 먹어~."

녀석들 앞에 산더미처럼 쌓인 스페어 립을 내주었다.

먹보 콰르텟은 기다렸다는 듯이 베어 물었다.

『이, 이것은!』

『맛있어, 맛있네~!』

『맛나~!』

『맛있어~!』

응응, 그래, 그렇겠지.

소스가 완벽하게 배어 있었으니까.

그럼 나도.

아차, 이걸 빼먹을 뻔했네.

아이템 박스에서 차갑게 식은 캔 맥주를 꺼냈다.

푸쉭, 하고 고리를 젖혀 캔을 따서 준비를 마친다.

우선 두툼한 스페어 립부터.

뼈를 쏙 빼낸 고기를 입안 가득 베어 문다.

"맛있어어."

역시 고기를 한 입 가득 욱여넣고 먹으면 행복하다니까~.

그리고 그 다음은 차갑게 식은 맥주를 부어 넣는다.

"최고야."

『아, 주공! 내게도 맥주를 주시게!』

"뭐~? 곤 옹, 요즘 맥주 달라는 소리 너무 자주하지 않아?"

『그런 소릴 한들 어쩔 수 없잖나! 이 고기를 먹으며 맥주를 마시지 못한다는 건 너무도 잔인한 처우네! 제발 부탁이니 내게도 맥주를!』

뭐어, 확실히 이 스페어 립에 맥주를 안 마시고 참는 건 고문이니까.

"어쩔 수 없지."

곤 옹 전용 특대 볼 그릇에 맥주를 부어서 내주었다.

『역시 주공이시네~!』

이럴 때만 저러지.

오독오독, 우둑우둑――.

아까부터 들리는 이 소리는…….

"페르, 뼈째 먹고 있어?"

『음? 고기도 맛있지만 이 뼈도 맛있다.』

『음. 이 우둑우둑한 씹는 맛이 일품이지.』

곤 옹도 그랬어?

『그냥 내버려 둬. 이 녀석들에게는 뼈도 훌륭한 양식이니까. 그나저나 이 고기 맛있다!』

드라 짱은 능숙하게 고기만 먹고 있다.

『맛있어~.』

스이는 뼈째 슈와악, 녹이고 있고.

뭐어, 뼈를 처분할 수고를 덜게 됐으니 고맙기는 하지만.

그나저나 다들 행복하게도 먹네~.

오랜만에 고기 파티를 벌이자 먹보 콰르텟은 매우 만족한 얼굴이었다.

╓╓╓╓역시 고기는 최고야!╜╜╜╜

그래그래, 좋겠네~.

간이 레시피 #6 ~바나나 케이크~

『주인~ 오늘 간식은 뭐야~? 케이크~?』

"스이~ 방금 점심 먹었잖아~. 뭐가 그렇게 급하니."

점심 먹고서 한 시간 정도밖에 안 지났는데 벌써 간식 이야기를 하는 스이를 보며 쓴웃음을 지었다.

『그치만 기대되는걸~.』

통통 뛰며 스이가 염화로 말했다.

뭐, 스이는 단걸 엄청 좋아하니 어쩔 수 없나.

『흠, 간식이라면 오늘도 케이크가 좋다. 어제 못 먹은 걸 먹을 수 있으니.』

『음. 나도 어제 먹지 못한 케이크가 있으니 말이야.』

『찬성~. 나도 어제 못 먹은 푸딩을 먹을 거야~.』

『스이도 케이크 먹고 싶어~!』

"잠깐잠깐, 다들 왜 그렇게 말하는 거야. 못 먹은 게 아니라 너희가 고르지 않은 것뿐이면서."

『네가 좀스럽게 군 탓 아니냐.』

페르가 뚱한 눈으로 나를 쳐다보며 그렇게 말했다.

『음. 우리에게 다섯 개는 너무 적다는 말일세~.』

곤 옹까지 그런 소릴 했다.

『그러게 말이야. 좀 더 먹을 수 있고 먹고 싶은데.』

드라 짱까지 내 주변을 날아다니며 한마디 거들었다.

『스이도 더 먹을 수 있어~!』

마지막으로 스이까지 통통 뛰며 힘차게 그런 소리를 했다.

"너희가 대식가라는 건 알아! 하지만 케이크는 설탕 덩어리라고. 그런 건 적당히 먹는 게 좋아."

내가 그렇게 말하자 먹보 콰르텟은 투덜투덜 불평을 늘어놓기 시작했다.

"자자, 불평하지 말고. 게다가 오늘 간식은 케이크라고 생각들 하는 것 같은데, 아니거든?"

『뭣이?!』

『아닌 겐가?』

『야, 내 푸딩은?!』

『케이크 아냐~?』

"아니거든~? 요즘 간식으로 계~속 시판용 케이크를 먹었잖아."

아무래도 그건 좀 아닌 것 같아서 오늘은 원점으로 돌아가 수제 간식으로 하기로 했다.

뭐, 말은 거창하게 했어도 늘 사용하는 그걸로 간단하게 때우려는 속셈이지만.

"그런고로 오늘은 이거야~."

핫케이크 믹스 상자를 아이템 박스에서 꺼내 녀석들에게 보여 주었다.

╓╓에이~ 또 핫케이크야~?╜╜

상자를 보자마자 페르와 곤 옹, 드라 짱은 불평을 해댔다.

『스이는 핫케이크도 좋아~! 벌꿀 잔뜩 끼얹어서 먹으면 맛있어~.』

"그래그래~. 스이는 좋아하는구나~. 다른 녀석들은 떼만 쓰는데 스이는 참 착하다니까~."

스이를 쓰다듬으면서 페르와 곤 옹, 드라 짱에게 나무라는 듯한 시선을 날렸다.

『뭐, 뭐냐? 나, 나는 그냥 의견을 말한 것뿐인데…….』

페르가 나를 흘끔거리면서 기어들어 가는 목소리로 그렇게 말했다.

곤 옹과 드라 짱은 눈도 안 마주치고 딴청을 피웠다.

"하아, 뭐 상관은 없지만~. 스이, 오늘은 핫케이크 말고, 이걸 써서 또 맛있는 간식을 맛있는 간식을 만들려고 해."

『저요저요저요! 스이가 도울래~.』

"고마워요~. 같이 간식 만들러 가자~."

어이없어 하는 페르 일행을 내버려 둔 채, 나와 스이는 부엌으로 향했다.

◇　◇　◇　◇

자, 그럼 핫케이크 믹스를 쓰는 건 둘째 치고 뭘 만들까.

그런고로 쟁여두었던 대량의 핫케이크 믹스의 상자를 꺼내서 상자 뒷면을 확인했다.

"이건 전에 만들었고, 이쪽은 간식이라기보다는 식사 계열 레시피고."

차례로 간이 레시피를 확인하던 중…….

"오, 이게 딱 좋겠다."

내가 눈독을 들인 첫은 핫케이크 믹스를 사용하는 바나나 케이크 레시피였다.

공교롭게도 요전에 카레리나 거리에서 장을 보다가 우연히 바나나를 발견했던 것이다.

장을 보고 돌아가려던 참에 문득 달달한 냄새가 풍겨와서, 냄새가 나는 곳을 따라가 보니 놀랍게도 바나나가 있었거든.

완전히 익어서 검게 변색되어 있었지만, 내가 아는 것보다 전체적으로 크기는 해도 길쭉한 과실이 다발로 달려 있는 모습은 바나나가 분명했다.

엉겁결에 달려가서 점원분에게 말을 걸어 버렸지 뭐야.

그랬더니 모처럼 다가온 구원의 손길을 놓치지 않겠다는 듯이 맹렬하게 권하더라고.

그곳은 과일을 중심으로 장사를 하는 가게였는데, 이야기를 들어보니 남방에서 들여온 희귀한 과일이라기에 가게에서 손님들의 주목을 끌어보려고 시험 삼아 들여와 본 것이라고 한다.

하지만 너무 희귀하기도 하거니와 가격도 비싼 탓에 팔리지 않았던 거겠지.

내가 발견했을 때에도 상당히 검게 변색되어 지나치게 익은 감이 있었으니까.

그런 연유로 어떻게 해서든 나한테 팔아넘기고 싶은 듯했지만, 개인적으로 그 지나치게 익은 바나나를 원가로 사는 건 좀~

이라는 생각을 하고 있었더랬다.

뭐, 아무튼 점원분과 내가 공방을 벌인 끝에 최종적으로는 상당히 값을 깎아서 구입했다.

점원분도 겨우 팔았다는 생각에 마음이 놓인 것인지 '맛은 더할 나위 없는데, 이 근처에서는 지명도가 영 별로라서 말이죠~. 다들 본 적이 없어서 맛을 모르겠다고 하면서 좀처럼 사려 하질 않더라고요'라고 지나치게 솔직하게 털어놓고 말았다.

여섯 개가 달린 다발을 세 개. 그걸 금화 두 닢에 샀지만 그래도 꽤 값을 깎았다.

점원분은 쓴웃음을 지은 채 '손해는 이만저만 아니지만 썩게 두는 것보다는 나으니 말이죠'라고 했더랬다.

그리하여 우연히 바나나를 획득했던 거다.

바나나(너무 익어서 검게 변색되기는 했지만)가 수중에 있으니 역시 바나나 케이크를 만들어야겠지.

"좋아. 스이, 오늘은 바나나 케이크를 만들자!"

『바나나 케이크~.』

스이가 내가 가지고 있는 핫케이크 믹스의 상자를 들여다보았다.

『우와아~ 이 둥글고 큰 거 하나 다 먹어도 돼~?』

아아, 사진에 실린 둥그런 케이크 모양으로 구운 바나나 케이크가 홀케이크처럼 보여서 그러는 건가?

뭐, 핫케이크 믹스니 이번에는 통째로 줘도 되려나.

"응, 괜찮아."

『아싸~!』

스이가 기쁜 듯이 푸들푸들 몸을 좌우로 흔들었다.

"그럼 시작해 볼까."

『응.』

그런고로 간이 레시피를 꼼꼼히 확인했다.

간이 레시피에 실린 건 전부 간단히 만들 수 있는 것들이니 괜찮기야 하겠지만…….

"응? 준비물이 세 개뿐이라고?"

재료는 핫케이크와 계란에 완숙 바나나.

이 완숙 바나나가 핵심이라는 모양이다.

껍질에 검은 반점(슈가 스팟이라는 모양)이 나타나기 시작한 완숙 바나나의 단맛을 충분히 살릴 수 있도록 고안된 것이 바로 이 바나나 케이크란다.

과연. 그렇다면 요전에 손에 넣은 바나나가 딱이기는 하네.

만드는 법은~ 우선 오븐을 예열해 둔다.

쿠킹 시트를 둥그런 케이크 모양에 맞게 잘라둔다.

그런 다음…….

"스이~ 이런 식으로 시트를 깔아줄래?"

『네~에.』

스이가 한 건 조금씩 손을 볼 필요가 있을 것 같지만, 즐겁게 하고 있으니 그래도 OK다.

그 작업이 끝나면 볼 그릇에 바나나를 넣고 포크로 짓이긴다. 완전히 으깰 필요는 없고 작은 덩어리 정도는 있어도 괜찮다.

나를 흉내 내서 스이도 바나나를 으깨기 시작했다.

바나나를 다 으깨고 나면 거기에 계란을 넣고 섞는다.

바나나와 계란이 다 섞이면 핫케이크 믹스를 넣고 주걱으로 가르듯이 섞어준다.

"좋아, 다 됐다."

『다 됐다~!』

스이 쪽도 무사히 완성한 모양이다.

"그럼 이제 아까 준비해둔 케이크 모양으로 이 반죽을 흘려 넣고⋯⋯."

반죽을 흘려 넣고 나면 틀을 몇 번 정도 들었다가 떨어뜨려서 안에 있는 공기를 빼준 후, 얇게 썬 바나나를 위에 올린다.

"스이도 다 한 것 같네. 응, 아주 잘했어."

『에헤헤~ 잘했지~.』

그런 다음, 예열해둔 오븐에 넣는다.

"이제 구워질 때까지 기다리기만 하면 돼."

스이가 물끄러미 오븐을 쳐다보았다.

그러더니⋯⋯.

『이제 다 구워졌어~?』

"아직이야. 지금 막 넣었잖니."

『그렇구나~⋯⋯.』

그리고 또 스이가 물끄러미~ 오븐을 쳐다보았다.

잠시 후⋯⋯.

『주인~ 구워졌어~?』

"아직이야~."

그런 대화를 몇 번인가 반복한 끝에…….

『주인~.』

"응, 이제 슬슬 다 됐으려나."

다 구워진 바나나 케이크를 오븐에서 꺼냈다.

그리고 한가운데에 대나무 꼬챙이를 찔러서 확인했다.

『좋은 냄새가 나~.』

"좋아, 다 됐다. 열기가 식으면 먹을 수 있으니까, 다 식으면 간식 먹자."

『응!』

『주인~ 맛있어~.』

"그러게. 스이가 도와준 덕에 아주 잘 만들어졌네."

『에헤헤~.』

달콤한 바나나만 써서 만든 바나나 케이크는 적당한 단맛과 바나나의 풍미가 절묘하게 어우러져서, 핫케이크에 계란과 완숙 바나나까지 달랑 세 개만 사용했다는 게 믿기지 않을 만큼 맛있었다.

도와준 스이도 바나나 케이크의 완성도에 만족한 듯했다.

『뭐어, 나쁘지 않군.』

『음. 이 지나치게 달지 않은 절묘한 단맛이 좋군그래.』

『응응. 뭔가 너무 달지 않아서 오히려 좋다고 해야 할지, 이 정도면 얼마든지 먹을 수 있을 것 같아.』

입맛이 까다로운 페르, 곤 옹, 드라 짱에게서도 호평이 이어졌다.

『그런고로, 더 없나?』

『나도 좀 더 먹고 싶네.』

『나도~.』

『스이도~!』

"이봐들~ 두 판이나 먹었으면 충분하잖아."

바나나 케이크를 두 판씩 내줬잖아.

『고작 이걸로 배가 찰 리가 없다는 건 너도 알 텐데. 지금부터라도 더 만들어라.』

"하아~ 이것 봐~ 이건 간식이라고. 배불리 먹는 음식이 아니야."

왜 간식으로 배를 가득 채우려는 건데.

게다가…….

"애초에 재료인 바나나가 그걸로 끝이라 말이지~."

방금 만든 바나나 케이크를 만드는 데 사두었던 바나나를 전부 써버렸거든.

『끄응, 어쩔 수 없지. 그렇다면 내일 간식은 평소처럼 케이크다. 먹지 못했던 그 케이크를 먹을 거다.』

『그거 좋군. 나도 먹지 못했던 그 케이크를 먹도록 할까.』

『오, 그럼 나는 그 푸딩!』

『스이도 케이크 먹을래~!』

ㅠㅠ내일 간식은 정해졌군(네~).ㅛㅛ

이럴 때만 호흡이 척척 맞는다니까~.

너희 정말 약삭빠른 거 알아?

노점 아저씨 분투기

나는 이곳, 카레리나에서 꼬치구이 노점을 하고 있는 제르베라고 한다.

뭐, 사람들은 아저씨라고 부르지만.

그런 나에게도 역사가 있고, 원래는 모험가였다.

그때의 모습은 이제 흔적도 없이 사라져서, 그렇게 말하면 다들 "뻥치시네~"라고 하지만.

9년 전까지는 모험가답게 던전을 드나들며 돈벌이를 하고 있었다고.

최종적으로는 C랭크까지 갔지만, 알고 지내던 파티가 전멸한 걸 계기로 내가 소속되어 있던 파티 멤버가 모두 모험가에서 손을 씻었지.

마침 그 즈음, 슬슬 모험가를 은퇴할까 하고 다 같이 의논하고는 했었거든.

나도 멤버들도 30대 중반이 되어 체력도 떨어지기 시작해서, 이쯤이 우리의 한계라는 걸 느끼고 있던 참이었다.

하지만 그럼 모험가를 은퇴하면 뭐 해먹고 살 거냐는 이야기도 나왔지.

모아둔 돈이 전혀 없는 건 아니었지만, 그래 봐야 3개월 정도 생활할 수 있는 돈만 수중에 있었으니까.

다른 멤버들도 사정은 비슷비슷했다.

그런 탓에 은퇴가 눈앞에 어른거려도 조금만 더 해보자며 계속해서 은퇴를 미루고 있는 상태였다.

알고 지내던 파티가 전멸했다는 사실을 알게 된 게 딱 그때였다.

전날 술집에서 딱 마주쳐서 즐겁게 술잔을 나누었던 탓에 더더욱 충격적이었지.

모험가란 직업이 죽음과 맞닿아 있다는 건 알았고, 실제로 '그 파티 검사가 죽었다더라' 따위의 이야기는 수도 없이 들었다.

하지만 전날 같이 웃고 떠들었던 녀석들이 다음 날에 죽어버린 거다.

다들 어쩌면 우리가 전멸했을 수도 있다는 걸, 죽음이라는 걸 그때만큼 뼈저리게 느낀 적은 없었을 거다.

그런 일이 있었기 때문인지 다 같이 의논한 끝에 의외로 쉽게 '사지 멀쩡할 때 은퇴하자'라고 결론에 도달했다.

그렇지만 나도 솔직히 말하자면 은퇴 직후에는 '정말 때려치워도 되는 거였을까?'라는 생각에 고민이 되기도 했다.

하지만 지금은 그때 그 판단은 옳았다고 당당하게 말할 수 있다.

죽지 않은 데다 후유증도 없이 이렇게 사지 멀쩡하게 지금도 살아있으니까.

모험가에서 은퇴한 다른 녀석들을 보면 더더욱 그런 생각이 들었다.

모험가라는 직업은 죽음과 맞닿아 있고, 운 좋게 살아남는다

해도 어딘가에는 부상으로 인한 후유증이 남아 있거나 몸의 어딘가가 사라져 있거나 하기 일쑤니까.

나처럼 사지 멀쩡하게 모험가에서 손을 씻을 수 있는 녀석은 한 줌밖에 안 된다, 이 말이다.

고향인 이 도시로 돌아온 나는 이제 뭘 할까 고민하다가 노점을 시작하기로 했다.

요리는 그럭저럭 할 줄 알았고, 고기도 여차하면 직접 조달할 수 있었으니까.

뭐, 그럭저럭 먹고살 수만 있으면 된다는 생각에 꼬치구이 노점을 시작한 건데, 생각 외로 평판이 좋았더랬다.

이 도시에서 가장 맛있는 노점이란 소릴 들을 정도다.

그 덕분에 생활도 모험가 시절보다 안정되어 장가도 들고 작년에는 아이도 태어났다.

모험가를 관두고 꼬치구이 노점을 시작하길 정말 잘했다고 생각한다.

그렇기에 맛이 떨어지지 않도록 주의하고 있었고, 보다 맛있게 만들기 위한 연구도 게을리하지 않았다.

이 도시에서 가장 맛있는 노점이라는 자부심이 있었으니까.

그런데 그게 한순간에 뒤집히는 사건이 얼마 전에 있었다.

이 도시에 온 모험가와 그 사역마들 때문이었지.

내 노점에 찾아온 그 모험가와 사역마들은 내 자신작인 꼬치구이를 사 갔다.

그리고 그 모험가와 사역마들은 내 노점 근처에 있는 빈 공간에서 꼬치구이를 먹기 시작했다.

그것뿐이었다면 평범한 손님과 그다지 다를 게 없었겠지만, 그 녀석들은 보통내기가 아니었다.

그 모험가의 사역마는 커다란 늑대, 아마도 그레이트 울프와 무려 드래곤이었다.

드래곤은 큰 놈과 작은 놈, 두 마리나 됐지.

그리고 슬라임이 있었지만, 그건 아무래도 좋아.

어쨌든 그레이트 울프에 크고 작은 드래곤 두 마리를 이끌고 있는 모험가가 눈에 띄지 않을 리 없다.

심지어 그 그레이트 울프와 큰 드래곤 쪽은 어째서인지 사람의 말을 한다.

그렇듯 도시에서 유명한 모험가와 사역마가 내 노점에 왔으니 좋은 선전이 되겠다 싶었고, "도시 제일의 노점이라고 듣고 왔다"는 이야기를 들으니 자랑스럽기도 했다.

하지만 모험가와 사역마가 내 자신작인 꼬치구이를 먹기 시작하는가 싶더니…….

그레이트 울프와 큰 쪽의 드래곤이 『고기가 딱딱하다』느니 『맛이 약하다』느니 『고기에서 잡내가 난다』는 혹평을 쏟아냈다.

나에게도 도시에서 가장 맛있는 노점이라는 긍지가 있었다.

그래서 뚜껑이 열려서 마구 호통을 치려 했다.

그러려고 했는데…………

상대는 그레이트 울프와 커다란 드래곤.

아무리 전직 모험가였다지만 이제는 배불뚝이 중년 아저씨다.

분하지만 못 이길 거란 생각에 단념했다.

내게는 사랑하는 아내와 눈에 넣어도 아프지 않을 만큼 귀여운 딸이 있다고.

아내를 미망인으로, 딸을 아비 없는 자식으로 만들 수는 없잖아.

하지만 그런 소릴 듣고 가만히 있는 건 내 성격에 안 맞는다.

어떻게든 저 그레이트 울프와 커다란 드래곤에게 한 방 먹여주고자 꼬치구이의 맛을 개량하기로 결심했다.

하지만 그것은 어렵기 그지없는 일이었다.

재료로 쓰는 고기를 좋은 걸로 바꾸면 쉽게 맛이 좋아질 거다.

하지만 그렇게 하면 꼬치구이의 가격도 비싸질 수밖에 없다.

내 손님들은 흔하디흔한 일반 시민과 모험가다.

그런 짓을 했다간 그 즉시 파리만 날리게 될 거다.

그렇다면 지금까지와 같은 고기를 사용하는 건 필수 조건이다.

그레이트 울프와 커다란 드래곤이 했던 『고기가 딱딱하다』느니 『잡내가 난다』는 말을 곱씹으며, 정육점을 닥치는 대로 돌아다니면서 의견을 묻거나 개인적으로 고기의 사전 작업을 원점에서부터 재검토해 보았다.

그리고 겨우 납득할 만한 꼬치구이를 완성시킨 나는 또다시 그 그레이트 울프와 커다란 드래곤이 오기를 이제나저제나 하고 기다리고 있었다.

그리고 드디어………….

그 그레이트 울프와 커다란 드래곤이 모험가와 함께 다시 내 꼬치구이를 사갔다.

녀석들은 이전과 마찬가지로 내 노점 근처에 있는 빈 공간에서 꼬치구이를 먹기 시작했다.

어때? 맛있지?

고기 사전 작업을 원점에서부터 재검토한 덕에 고기의 질이 차원이 다르게 느껴질 걸?

나도 직접 시식했을 때, 작업 방식을 바꾼 것뿐인데 이렇게나 차이가 나나 싶어서 놀랐을 정도라고.

자신감 있게 말할 수 있다.

내 꼬치구이는 이전보다 더욱 맛있어졌다고.

고기를 구우며 녀석들의 말을 놓치지 않으려고 귀를 곤두세웠다.

『이전보다 조금은 나아졌군.』

『음. 고기가 약간 부드러워진 듯하구나. 허나 잡내는 아직 남아있군그래.』

『그건 그렇군. 그래도 이전보다는 나아졌다.』

『하지만 맛이 약한 건 이전과 똑같구먼.』

『음. 이렇게까지 간이 덜 되어 있다니, 설마 소금을 아낀 건가?』

너무도 인정사정없는 혹평에 피가 머리까지 치솟는 듯했다.

이 고기는 싸지만 딱딱하고 잡내가 심하기로 유명한 혼 래빗의 고기라고!

그 혼 래빗의 고기를 이렇게까지 부드럽게 만들고 잡내까지 잡아낸 건, 자랑은 아니지만 나뿐이라고!

소금은 분명 살짝 아꼈을지도 모르지만, 그래도 신경 써서 조금 좋은 소금을 고르고 있는데!

이렇게까지 하고 있는데 아직도 불만이 있다고?!

무의식중에 주인인 모험가를 노려보았다.

그레이프 울프와 커다란 드래곤은 무서우니까.

나에게 무슨 일이 생기면 아내와 딸이 슬퍼할 테니 어쩔 수 없잖아.

애초에 사역마의 주인인 모험가가 똑바로 관리를 안 하는 게 문제라고!

"히익…… 너, 너희들, 조용히 좀 해!"

『뭐냐? 먹은 감상을 말했을 뿐이건만.』

『음. 주공, 우리는 사실대로 말한 것뿐이네.』

"말 좀 들어. 아, 벌써 다 먹었네. 자자, 돌아가자!"

모험가는 그레이트 울프와 커다란 드래곤을 손으로 밀며 허둥지둥 그 자리를 떴다.

나는 녀석들이 떠나간 방향을 노려보았다.

그리고…….

"젠장~! 두고 보자! 훨씬 더 맛있는 꼬치구이를 만들어 주마!!"

이건 나와 녀석들의 싸움이다.

이 꼬치구이를 더욱 개량해서 다음에는 정말 본때를 보여주마!

텐푸라!

갑작스럽지만 엄청나게 텐푸라[*]가 먹고 싶어졌다.

뭐, 갑작스럽다고 할 일은 아닌가?

요즈음 페르와 녀석들의 주문 때문에 카라아게에 돈가스, 멘치(민스)카츠 같은 튀김을 연달아 먹다보니, 같은 튀김이라도 '텐푸라가 먹고 싶어'라는 생각이 들고 만 것뿐이니까.

"그런고로 오늘 저녁 메뉴는 텐푸라로 하자."

이의는 받지 않겠다.

아니 뭐, 어차피 내가 만들 거니까~.

페르와 녀석들에게는 코카트리스 고기를 사용한 토리텐#※ 토리텐 : 닭튀김이라는 뜻으로 껍질이 없는 고기를 사용하며 튀김옷에도 계란을 사용.#을 주고, 나는 엄청 맛있는 앨번표 채소로 텐푸라를 먹어야지.

룰루랄라, 콧노래를 부르며 텐푸라로 만들 채소를 고르기 시작했다.

"우선 이거. 가지는 무조건 맛있지."

누가 뭐래도 기름과의 궁합이 좋아서 텐푸라 재료로는 최고다.

벌써부터 먹을 때가 너무나도 기대된다.

"그리고~ 이것도!"

---

*포르투갈에서 유래한 일본식 튀김. 밀가루(혹은 튀김가루)와 달걀로 된 반죽물을 입혀 튀기는 방식.

포슬포슬하고 달콤한 고구마다.

고구마튀김도 맛있단 말이지~.

"그리고 이것도."

익히면 무진장 맛있어지는 양파.

이건 카키아게로 해먹어야지.

"카키아게를 만들려면 이것도 넣어야지."

선명한 색을 띤 당근을.

채 썰어서 바삭한 카키아게로 만드는 거다.

으~ 군침이.

"그리고~ 이거!"

오독오독한 식감이 즐거운 완두콩.

이것도 텐푸라로 만들면 의외로 맛있지.

"한 종류 정도 더 있으면 좋겠는데. 으음~ 이게 좋으려나."

마지막으로 고른 것은 누에콩.

포슬포슬한 식감이 좋단 말이야~.

이것도 카키아게로 만들자.

"우선 토리텐부터."

코카트리스 고기를 한 입 크기로 썰어서 볼 그릇에 넣고 다진 마늘, 다진 생강, 술, 간장을 섞은 조미료에 잘 버무려서 10분 정도 방치한다.

10분 경과하면 코카트리스 고기는 우선 아이템 박스에 넣는다.

그 사이에 채소를 준비한다.

가지는 꼭지를 따고 세로로 4등분이 되게 썬다.

그런 다음 위에서 1.5센티미터 정도를 남기고 세로로 칼집을 네 개 정도 넣어서 부채 모양이 되게끔 옆으로 펼쳐준다.

그리고 가지는 개인적으로 제일 좋아하는 재료라 다양한 식감을 즐기기 위해 쓰는 방식을 바꿔서 3센티미터 정도의 폭으로 통썰기한 것도 준비한다.

고구마는 1센티미터 폭으로 어슷썰기 한다. 통썰기를 해도 괜찮지만 오늘은 그냥 어슷썰기를 해 봤다.

양파는 껍질을 벗기고 세로 방향으로 반으로 썬 후, 5밀리미터 정도의 폭으로 썰어둔다.

당근은 채썰기를 한다.

완두콩은 줄기만 떼어내면 OK.

누에콩은 깍지에서 빼내서 얇은 껍질을 벗겨둔다.

"좋아, 준비 끝."

튀김옷을 만들기 전에 기름을 달궈두자.

튀김옷에는 당연히 인터넷 슈퍼에서 구입한 튀김 가루를 사용한다.

오늘은 평소 사용하는 것보다 조금 좋은 걸 사봤다.

볼 그릇에 물과 튀김 가루를 넣고, 가루가 조금 남을 정도까지 거품기로 가볍게 섞어둔다.

그런 다음 튀김옷의 바삭한 느낌을 즐기고 싶으니 채소에는 전부 밀가루를 묻혀둔다.

기름 쪽도 이제 적당한 온도가 됐네.

"우선 가지부터 시작할까."

가지에 튀김옷을 묻혀서 튀겨 나간다.

칼집을 낸 쪽은 펼쳐서 기름에 퐁당.

바삭하게 익은 것부터 차례로 거름망이 있는 트레이에 올려서 기름을 뺀다.

"좋아, 가지는 끝났고."

갓 튀겨진 가지들은 아이템 박스에 넣는다.

이러면 바삭바삭한 상태가 유지되겠지.

튀김 부스러기를 깨끗하게 걷어낸 후 고구마를 튀긴다.

이쪽도 튀김옷을 입혀 기름에 퐁당.

그리고 다 튀겨지면 거름망이 있는 트레이에 바로 올려놓는다.

양파는 볼 그릇에 넣어 밀가루를 묻혀두었으니, 거기에 물반죽을 부어 휘휘 섞는다.

그런 다음 국자로 퍼서 젓가락으로 밀어내듯이 기름에 투입.

처음에는 건드리지 않고 튀기다가 어느 정도 뭉치면 뒤집는다.

몇 번 정도 뒤집어주다가 적당히 튀겨지면 젓가락으로 푹푹 찔러 구멍을 내서 속까지 바삭하게 튀긴다.

양파도 다 튀겨졌으니 아이템 박스로 직행이다.

당근도 기본적으로는 양파와 같다.

채썬 당근을 볼 그릇에 넣고 밀가루를 묻혀놨으니, 거기에 튀김옷을 부어 휘휘 저은 후 국자로 퍼서 젓가락으로 살짝 모양을 잡아주고서 밀어내듯이 기름에 넣는다.

처음에는 건드리지 않다가 굳어지기 시작하면 뒤집어서 양파 때와 마찬가지로 튀겨낸다.

당근도 다 튀겨졌으니 아이템 박스로.

완두콩은 바로 튀김옷을 입혀서 기름에 넣는다.

오독오독한 식감을 즐기기 위해 튀기는 시간은 짧게 잡는다.

팍팍 튀겨 나가서 이것도 다 튀겨진 걸 아이템 박스로 옮긴다.

"마지막 채소는 누에콩."

이쪽도 볼 그릇에 넣어 밀가루를 묻혀두었으니, 거기에 튀김옷을 부어 섞어준다.

스푼으로 네 개 정도를 떠서 기름에 투입.

이제 양파, 당근과 마찬가지로 처음에는 건드리지 않다가 굳어지면 뒤집기를 몇 번 반복하며 튀겨 나가면 된다.

누에콩도 다 튀겨진 걸 아이템 박스에 수납했다.

"좋았어, 채소는 다 튀겼다. 이제 코카트리스 토리텐만 하면 되겠어."

재워뒀던 코카트리스 고기에 튀김옷을 입혀서 기름에 투입.

이제 바삭하게 튀기기만 하면 된다.

이쪽은 페르와 녀석들이 먹을 거라 양이 많으니 버너를 여러 개 써서 팍팍 튀겨 나간다.

트레이가 코카트리스 튀김으로 가득 차면 곧장 아이템 박스로 옮긴다.

그렇게 차례로 튀겨 나가서…….

"후우~. 끝났다아."

이제 마무리만 하면 된다.

텐쯔유[*]와 간 무를 빼놓을 수는 없지.

나는 텐푸라는 텐쯔유에 찍어먹는 파거든.

소금도 괜찮지만 간 무가 듬뿍 들어간 텐쯔유를 찍어 먹으면 또 기가 막히거든~.

냄비에 물, 간장, 맛술, 설탕, 일본풍 과립형 맛국물을 넣고 한소끔 끓이면 텐쯔유 완성이다.

간 무는 엄청 맛있는 앨번표 무를 강판에 갈아서 물기를 짜내 텐쯔유에 곁들이면…….

"좋아, 다 됐다~."

"어때?"

『카라아게인 줄 알았더니, 조금 다른가? 하지만 맛있군.』

『음. 이건 이것대로 맛있구먼.』

『겉이 바삭바삭해서 맛있어!』

『맛있어어~.』

"그대로 먹어도 맛있지만, 이 간 무가 듬뿍 든 텐쯔유에 찍어 먹어도 맛있어."

그렇게 말하며 토리텐에 텐쯔유를 듬뿍 찍어서 덥썩.

난 이쪽이 훨씬 취향에 맞는단 말이지.

---

*튀김(텐푸라)을 찍어먹는 소스. 간장, 맛술, 맛국물을 끓여서 만든 것.

텐쯔유에 간 무가 잔뜩 들어 있어서 아주 산뜻하다.

『뭐라고?! 그런 소린 빨리 좀 해라. 추가 음식은 그렇게 내놔라.』

『나도 그렇게 주시게.』

『나도~.』

『스이도~!』

"그래그래."

페르 일행이 먹을 것에도 간 무가 듬뿍 든 텐쯔유를 끼얹어서 내주었다.

『오오, 이거 맛있군.』

『음. 나는 이쪽이 더 좋은 것 같구먼.』

『나는 둘 다. 그대로 먹은 것도 맛있었고 이쪽도 맛있어.』

『스이도 둘 다 좋아~.』

"그렇지? 이 채소 텐푸라도 텐쯔유에 찍어 먹으면 맛있다고~."

그렇게 말하며 나는 가지 텐푸라를 베어 물었다.

『채소는 필요 없다.』

『나도 오늘은 고기만 먹고 싶으니 채소는 되었네.』

『나도 고기만 먹고 싶달까~.』

『스이도 고기가 좋아~.』

"아, 그래."

됐네요~ 내가 다 먹지, 뭐.

남아도 아이템 박스에 넣어두면 계속 바삭바삭할 테니까.

그런 생각을 하며 포슬포슬한 고구마 텐푸라를 맛봤다.

양파도 당근도 완두콩도 누에콩도 맛있다.

채소 텐푸라 최고야.

이렇게 맛있는데, 안 먹는 녀석들이 손해지~.

토리텐을 먹는 페르 일행을 보며 나는 그런 생각을 했다.

곤 옹의 삶의 낙

『므흐흐흐. 주공, 잠시 후에는 말 안 해도 알 테지?』

"그래그래. 알았다니까."

저녁때부터 곤 옹은 매우 들떠 있었다.

『사흘. 사흘 만의 술이네~.』

나와 페르 일행이 술은 적당히 하라고 주의를 한 덕에 참고는 있었지만, 그 인내심도 사흘 만에 바닥난 모양이다.

아닌 게 아니라 곤 옹이 직접 제 입으로『사흘이나 참았다는 말이네!』라고 했다.

최강종인 에인션트 드래곤인 곤 옹은 지금까지 무언가를 참아 본 적이 없었는데 이렇게까지 참았으니 '잘했다'고 칭찬하는 의미에서 상으로 술을 내놓는 것이 도리라나 뭐라나.

좌우간 떼를 써대서 어쩔 수 없이 술을 내주기로 했다.

그랬더니 곤 옹 녀석이 완전 들떠서 저러고 있는 거다.

『술에 잘 어울리는 안주도 부탁하네!』

그런 소릴 해대서 어쩔 수 없이 안주를 만들고 있는 중이다.

뭐, 완전 간단한 것만 만들 거지만.

그것도 고기는 빼고 채소 중심으로.

주량을 억제해서 되도록 술자리가 오래가지 않도록.

고기 같은 걸 내놓았다가 더더욱 들떠서 벌컥벌컥 마셔대면 난감해질 테니까.

그런고로 술안주로는 오이와 방울토마토와 치즈와 원통형 어묵(치쿠와)을 썰어서 섞기만 하면 완성되는 술안주 샐러드를 만들기로 했다.

엄청 맛있는 앨번표 오이와 인터넷 슈퍼에서 구입한 큐브 치즈를 1센티미터 정도의 크기로 깍뚝썰기 한다.

그리고 역시나 엄청 맛있는 앨번표 방울토마토를 반으로 썰어 둔다.

원통형 어묵은 0.5센티미터 정도의 폭으로 통썰기한다.

다음은 이걸 볼 그릇에 전부 넣고 내가 좋아하는 이탈리안 드레싱 제품을 사용한다.

어떤 맛일지는 다 알지만 뭐, 일단 맛을 볼까.

"맛있어."

썰어서 섞기만 했는데 무진장 맛있다.

이번에는 귀찮아서 제품 드레싱을 썼지만 당연히 직접 만들어도 좋다.

흑후추를 넉넉하게 넣는 식으로 조절할 수도 있으니까.

그리고 요전에 손에 넣은 점보 사이즈의 잎새버섯……이 아니라 갈색 버섯.

이걸 써서 하나 더 만들자.

이 버섯은 상점가를 지날 때 발견해서 충동 구입했던 거다.

겉모습은 커다란 잎새버섯처럼 생겼고 향도 잎새버섯 같지만, 이쪽에서는 갈색 버섯이라고 한다.

팔고 있던 가게의 어르신에게 물어보니 서부에 있는 노르덴

자작령의 특산품이라는 모양이다.

생육 방법이 확립된 버섯이라 그럭저럭 많은 양이 유통되고 있다는 듯했다.

그럭저럭 비싼 부류에 들지만 지금까지 구입했던 고급 소금이며 모험가를 써서 획득했던 과일보다는 훨씬 쌌다.

그럭저럭 많은 양이 유통되고 있다지만 여태 전혀 못 봤는데.

이런 것 때문에라도 여러 가게들을 둘러봐야겠다고 생각하며 반성했다.

이전에 숲에서 버섯 채집을 할 때도 있었지만(물론 감정 스킬을 사용해서 괜찮았지만 위험한 독버섯이 잔뜩 있더라) 이 갈색 버섯이 어느 정도 유통되고 있다면 굳이 위험하게 버섯을 채집하러 가지 않았을 텐데, 따위의 생각을 하며 어르신의 허락을 받아 그 가게에 있던 걸 전부 그 자리에서 구입했다.

그렇게 두툼한 점보 잎새버섯을 획득한 것이다.

근데 거의 나만 먹다 보니 양이 도통 줄질 않더라고.

그런고로 이번 기회에 마음껏 사용해야지.

참고로 이 갈색 버섯은 향도 맛도 기대했던 대로 잎새버섯과 똑같았다.

심지어 크고 두툼해서 고급으로 분류되는 쪽과 같았지.

간장을 쳐서 굽기만 했는데 최고로 맛있더라.

그런고로 그렇게만 해도 괜찮겠지만, 이번에는 조금만 더 공을 들여 보기로 했다.

치즈를 듬뿍 얹은 잎새버섯……이 아니라 갈색 버섯 치즈 구이다.

만드는 법은 엄청 간단하다.

오븐 트레이에 쿠킹 시트를 깔고 자루 부분을 떼어낸 갈색 버섯의 갓 부분이 위로 가게끔 해서 늘어놓는다.

거기에 간장을 쪼르륵 치고서 피자 치즈를 듬뿍 올린 후, 상태를 살피며 굽기만 하면 된다.

치즈가 녹고 갈색 버섯도 익으면 OK.

다 구워진 것에 건조 파슬리를 뿌리면 초간단하지만 그럴싸해 보이는 일품요리가 된다.

그런고로 이것도 맛을 보실까.

후우후우, 식혀서 덥썩.

"아뜨뜨. 그래도 맛있어어~."

씹으니 피자 치즈와 갈색 버섯의 감칠맛이 입안 가득 퍼졌다.

겸손을 좀 떨자면 최고다.

이야~ 알고는 있었지만 맛있네~.

아주아주 잘 됐어.

초간단하지만 좋은 술안주가 완성됐네.

하나 더…… 아니, 관두자.

술안주가 늘어나면 곧 옹의 주량도 늘 것 같으니까.

두 개면 충분해.

아니, 안주까지 만들어줬으니 오히려 감사 인사를 받고 싶을 정도라고.

◇　◇　◇　◇

곤 옹이 조심스럽게 갈색 버섯 치즈구이를 입안으로 옮겼다.

『이야~ 오늘 술안주는 채소와 버섯뿐이라는 말을 듣고 다소 실망했었네만, 먹어보니 이 맥주라는 술과 더없이 잘 어울리는구먼~! 맛있네!』

곤 옹은 그런 소리를 하며 곤 옹 전용 특대 볼 그릇에 따른, 차갑게 식은 맥주를 벌컥벌컥 호쾌하게 들이켰다.

"맥주에 어울리는 안주를 만든 거니 당연하지. 아니, 그보다 곤 옹, 천천히 좀 마셔!"

『괜찮네, 괜찮아~. 으하하하핫. 그런고로 주공, 맥주 좀 더 주시게!』

뭐가 '그런고로'라는 거야.

곤 옹은 술을 마실 때면 평소보다 신이 나 있는 데다 뻔뻔해진단 말이지~.

무심결에 '술 한잔하는 게 삶의 유일한 낙이야'라고 하던 상사를 떠올리며 차갑게 식은 맥주를 곤 옹의 특대 볼 그릇에 따라 주었다.

그러는 동안 곤 옹은, 이번에는 이탈리안 드레싱으로 버무린 술안주 샐러드를 입안 가득 넣고 씹고 있었다.

『이 채소 술안주도 혀끝이 저릿한 느낌과 짭짤한 맛이 일품이구먼.』

곤 옹의 취향에 맞춰서 그쪽에는 흑후추를 뿌려서 마무리했었으니까.

　그리고 당연하다는 듯이 맥주를 추가 주문해 벌컥벌컥 마셨다.

　『푸하~! 맛있군, 맛있어~! 역시 술은 좋구먼. 최고야~! 크으하하하하하하핫!』

　어라? 이 분위기는…….

　벌써 취한 건가?

　"곤 옹, 취했지?"

　『무슨 소릴 하는 겐가~! 취하기는 누가 취해, 누가~.』

　……취한 거 맞지?

　『주공~ 그보다 한 잔 더 주시게~! 끄윽.』

　취한 거 맞잖아!

　"안돼안돼안돼! 벌써 취했잖아! 이 이상 마셨다가 이전처럼 꼴사나운 모습을 보이면 다른 녀석들이 또 구박할 걸?!"

　『꼴사나운 모습을 보여~? 나는 그런 짓 안 하네!』

　"그런 짓을 해서 다른 녀석들이 구박했던 거잖아~! 자, 아직 제정신일 때 침실로 돌아가서 자자."

　『싫네, 싫어! 더 마실 것이야~!』

　"떼쓰지 말고! 얼른 일어서!"

　곤 옹의 커다란 몸을 떠밀어 일으키려 해보았다.

　『한 잔만 더! 한 잔만 더 마시게 해주시게! 주공, 제발~.』

　그런 소리를 하며 꿈쩍도 안 했다.

　본인이 안 움직이면 무슨 짓을 해도 못 옮길 것 같다.

　"…………정말 딱 한 잔만 더 하는 거다?"

본인이 움직이게 하기 위해 한 잔 정도는 더 줄까, 하는 생각에 따지듯이 묻자 곤 옹은 『정말, 진짜네!』라고 하며 몇 번이나 고개를 끄덕였다.

"한 잔만 더 마시고 바로 자는 거야. 약속한 거다!"

『알겠대도!』

어쩔 수 없이 마지막 한 잔이라고 못을 박아놓고 특대 볼 그릇에 맥주를 따라주었다.

그러자 곤 옹은 남아 있던 안주를 우걱우걱 먹더니 맥주를 실로 시원하게 들이켰다.

『크으~ 맛 좋다~!』

여운에 젖어 있는 곤 옹을 찰싹찰싹 때리며 "자, 침실로 가자" 하고 재촉했다.

『그렇게 서두를 필요는 없지 않나.』

"서두르지 않으면 곤 옹이 여기서 잠들어버릴 것 아냐! 자, 빨리빨리."

곤 옹을 재촉해 침실로 가게 했다.

조금 비틀거리는 곤 옹의 엉덩이를 밀고 계단을 올라 침실에 도착했다.

그렇게 깔아두었던 곤 옹 전용 요 이불로 유도하자……

곤 옹은 쿵, 하고 쓰러지더니 드릉~ 하고 코를 골며 잠들어버렸다.

"하아, 피곤하다. 정리고 뭐고 내일 할래. 나도 자야지."

그러고는 나도 드라 짱과 스이가 자고 있는 침대로 향했다.

다음 날 아침——.

아침부터 먹보 콰르텟이 좋아하는 고기를 듬뿍 올린 돼지고기 덮밥을 내놓았건만, 페르와 드라 짱과 스이는 어쩐지 심기가 불편해 보였다.

"왜 그래? 돼지고기 덮밥, 맛없어?"

혹시 돼지고기 덮밥의 맛을 낼 때, 조미료를 잘못 넣는 등의 실수라도 했던가?

『아니, 아침밥은 맛있다.』

『응. 밥에는 아무 문제도 없어.』

『맛있어~.』

"그럼 왜 그러는데?"

『문제는 이 영감이다.』

그렇게 말하며 페르는 돼지고기 덮밥을 우걱우걱 먹는 곤 옹을 노려보았다.

드라 짱과 스이도 언짢은 듯한 눈으로 곤 옹을 보고 있다.

『음? 나 말이냐? 어제 술을 마시기는 했지만, 아무 문제도 없었다. 평소처럼 침실에서 자지 않았느냐.』

응.

힘들기는 했지만 곤 옹을 제대로 침실에서 재웠다고.

『평소처럼이라고? 그게 어딜 봐서 평소처럼이라는 거냐.』

『그래, 맞아!』

『전혀 평소처럼이 아니었어~!』

페르와 드라 짱, 스이도 화가 잔뜩 났다.

"무슨 일 있었어?"

『ㅠㅠ코 고는 소리가 시끄러워서 못 잤어(다)!ㅛㅛ』

"아~……."

나는 피곤해 곯아떨어져서 몰랐지만, 너희는 시끄러웠나 보구나.

뭐, 곤 옹이 코 고는 소리가 크기는 했지.

『이렇게 모두에게 민폐를 끼쳤으니, 술은 당분간 금지해야겠군.』

『찬성.』

『스이도 찬성~.』

『뭣이?!』

말문이 막힌 곤 옹이 애절한 눈으로 나를 쳐다보았다.

"뭐어, 다른 녀석들이 그렇다니까, 당분간 금주야."

『그럴수가아~~~.』

Tondemo Skill de Isekai Hourou Meshi 15
ⓒ2024 Ren Eguchi
First published in Japan in 2024 by OVERLAP, Inc.
Korean translation rights reserved by Somy Media, Inc.
Under the license from OVERLAP, Inc., Tokyo JAPAN

터무니없는 스킬로 이세계 방랑 밥 15

관자 냉파스타×현자의 돌
초판 한정 소책자

2025년 1월 15일 1판 1쇄 발행

저　　　　자	에구치 렌
일 러 스 트	마사
옮 긴 이	정대식
발 행 인	유재옥
담 당 편 집	박치우

이　　　　사	조병권
출 판 본 부 장	박광운
편 집 1 팀	박광운
편 집 2 팀	정영길 조찬희 박치우
편 집 3 팀	오준영 이소의 권진영 정지원
디 자 인 랩 팀	김보라 이민서
콘텐츠기획팀	박상섭 강선화
디지털사업팀	김경태 김지연 윤희진
라이츠사업팀	김정미 이윤서
영업마케팅팀	최원석 윤아림 이다은
물 류 팀	허석용 백철기
경 영 지 원 팀	최정연
발 행 처	(주)소미미디어
인 쇄 제 작 처	코리아피앤피
등　　　　록	제2015-000008호
주　　　　소	서울시 마포구 토정로 222, 502호(신수동, 한국출판콘텐츠센터)
판　　　　매	(주)소미미디어
전　　　　화	편집부 (070)4164-3962, 3963 기획실 (02)567-3388
	판매 및 마케팅 (070)8822-2301, Fax (02)322-7665

ISBN 979-11-384-8502-9
ISBN 979-11-6190-011-7 (세트)

ISBN 979-11-384-8502-9
ISBN 979-11-6190-011-7 (세트)

정가 10,500원

남자 금지 게임 세계에서
내가 해야 할 유일한 일 4
백합 사이에 낀 남자로 전생해 버렸습니다

~Short Stories~